22 Février 1888

V

VENTE

Des Mercredi 22 et Jeudi 23 Février 1888

HOTEL DROUOT, SALLE N° 1

A DEUX HEURES UN QUART

OBJETS D'ART

DÉCORATIFS

ET D'AMEUBLEMENT

Des XVIe, XVIIe et XVIIIe siècle

TABLEAUX

COMMISSAIRES-PRISEURS :

Me ESCRIBE	Me Lucien VÉRON
rue de Hanovre, 6	rue du Quatre-Septembre, 7

EXPERT : M. A. BLOCHE, rue Chauchat, 23

EXPOSITION PUBLIQUE

Le Mardi 21 Février 1888, de 1 heure 1/2 à 5 heures 1/2

PARIS — 1888

Vve RENOU ET MAULDE

IMPRIMEURS DE LA COMPAGNIE DES COMMISSAIRES-PRISEURS

Rue de Rivoli, 144

CATALOGUE

OBJETS D'ART DÉCORATIFS

ET

D'AMEUBLEMENT

Des XVIe, XVIIe et XVIIIe siècles

SCULPTURES SUR PORPHYRE, MARBRES, GRANIT

MATIÈRES ORIENTALES, TERRES CUITES

Gaines, Vases, Cassolettes, Vasques, Groupes, Statuettes, Bustes

BRONZES, PORCELAINES, BOIS SCULPTÉS

Cristaux de roche, Miniatures, Laques

JOLIE BOISERIE DE L'ÉPOQUE LOUIS XV

GLACES, TRUMEAUX, CADRES

MEUBLES ANCIENS

TAPISSERIES, ÉTOFFES

TABLEAUX DE L'ÉCOLE FRANÇAISE

Dessins, Gravures, Objets divers

DONT LA VENTE AUX ENCHÈRES PUBLIQUES AURA LIEU

Par suite de liquidation de Société

HOTEL DROUOT, SALLE N° 1

Les Mercredi 22 et Jeudi 23 Février 1888

A DEUX HEURES UN QUART

COMMISSAIRES-PRISEURS :

Me ESCRIBE | Me Lucien VÉRON

rue de Hanovre, 6 | rue du Quatre-Septembre, 7

EXPERT : M. A. BLOCHE, rue Chauchat, 23

CHEZ LESQUELS SE DISTRIBUE LE CATALOGUE

EXPOSITION PUBLIQUE

Le Mardi 21 Février 1888, de 1 heure 1/2 à 5 heures 1/2

PARIS — 1888

CONDITIONS DE LA VENTE

Elle sera faite au comptant.

Les Acquéreurs paieront, en sus des adjudications, CINQ CENTIMES PAR FRANC applicables aux frais de vente.

Aucune réclamation ne sera admise une fois l'adjudication prononcée.

DÉSIGNATION

SCULPTURES, MATIÈRES PRÉCIEUSES

1 — Deux grands et magnifiques Vases, de forme Médicis, en porphyre, très richement montés en bronze finement ciselé et doré, avec anses à double mascarons, frises à arabesques fleuronnées, feuilles d'acanthe et rinceaux; le pied entouré d'un tors de lauriers et la gorge d'une arabesque de fleurs et de rinceaux feuillagés. (Ces Vases avaient été offerts par la duchesse de Berri à la duchesse Decazes et proviennent du château de Villeneuve-l'Étang.)

2 — Très beau Vase-Cassolette, avec couvercle, en porphyre oriental à panse cotelée, tout évidé à l'intérieur, monture en bronze doré, gorge formée d'une frise à jour, dessin à arabesques, supporté par quatre lions de Saint-Marc, posant sur socle en porphyre d'Orient.

3 — Deux grandes et belles Vasques, en marbre blanc, avec socles et gaînes, ornées d'anses à têtes de béliers en plomb, modèle de Clodion. (Semblables à celles de la fontaine de Médicis, au Luxembourg.)

4 — Grand et beau Socle en marbre rouge royal, à trois faces, orné de sculptures à grandes consoles et cannelures, époque Louis XIV.

5 — Vase forme ovoïde, en marbre jaune de Péronne. (Provenant de la collection Hope.)

6 — Vasque en marbre noir antique, à écusson en relief, Louis XIV.

7 — Petit Modèle de temple assyrien, en marbre jaune de Péronne, avec dôme en gris de Sicile, socle en porphyre oriental, marche en granit rose et embase en brèche du Languedoc; colonnades en noir antique, fronton orné de bas-reliefs en bronze, représentant les signes du Zodiaque.

8 — Statue en marbre : *Le Rémouleur.*

9 — Bas-relief ovale, en marbre : *Le Chevalier d'Aguesseau.*

10 — Buste en marbre : *Stern,* œuvre de FERNET.

11 — Groupe en marbre, représentant un Enfant à califourchon sur un dauphin, époque Louis XIV.

12 — Statuette en marbre, époque Louis XIV, représentant *Cérès*.

13 — Statuette en marbre : *L'Enfant à la tortue*, époque Louis XIV.

14 — Statuette en marbre : *Saint Michel*, socle en marbre vert.

15 — Deux Bustes en marbre : *Apollon* et *Daphnis*, fin du xvie siècle.

16 — Bas-relief sur marbre représentant une Cathédrale au bord d'un fleuve animé de voiliers, avec personnages circulant sur la plage. Encadrement à moulures en marbre blanc.

17 — Grande Statuette en terre cuite : *Flore*, d'après Clodion.

18 — Fragment de colonne en porphyre oriental.

19 — Mortier en marbre.

20 — Deux Statuettes en terre cuite : *Satyres* et *Bacchantes*, d'après Clodion.

22 — Petite Colonne trajane, en marbre rouge antique, avec figurine en bronze, xviie siècle.

23 — Groupe en rouge antique : *Cerf et Chiens*, socle en marbre vert d'Orient.

24 — Deux Statuettes d'enfants en terre cuite.

25 — Lot de Sculptures décoratives sur marbre, formant une arcade avec chapiteaux. (Provient du château du Raincy.)

26 — Chapiteaux en pierre, avec têtes.

27 — Plusieurs Dessus de consoles en marbre.

28 — Socle en granit noir.

BRONZES, PORCELAINES MONTÉES

29 — Torchère formée par un vase en ancienne porcelaine de Chine, décor à paysages avec riche monture en bronze doré, anses à mascarons, pied à consoles et guirlandes de lauriers surmonté d'un bouquet de fleurs de pavots, à sept lumières. (Provenant de la collection du général Sébastiani.)

3o — Deux grandes Torchères d'autel, en bronze gravé. Travail vénitien, époque Louis XIII.

31 — Paire de beaux Chenets en bronze doré, modèle vase et brûle-parfums, sur balustrade cintrée, ornée de draperies et de médaillons, époque Louis XVI.

32 — Deux Vases, forme Médicis, en bronze, ornés de bas-reliefs, sujets mythologiques, et de feuilles d'acanthe.

33 — Deux Chenets en bronze doré, à personnages sur rocailles, portant les poinçons de *Caffieri*, époque Louis XV.

34 — Pendule forme monument, en albâtre rose oriental, avec colonnettes en rouge antique, couronnée par une petite vasque en rouge d'Égypte, tout ornée de bronzes dorés.

35 — Paire de Chenets avec boules en fer.

36 — Belle Pendule, formée par un groupe allégorique en bronze : *Flore couronnant le Temps;* avec ruines de monuments et socle en marbre, orné de bas-relief en bronze doré ; cadran émaillé, signé *Ch. Le Roy*, époque Louis XVI.

37 — Trois petits Cadres en bronze Louis XIV.

38 — Deux Appliques à une lumière, formées de branches à feuillages en fer peint, avec fleurs en porcelaine de Sèvres.

39 — Flambeau de bouillotte en cuivre.

40 — Pendule en bronze, groupe allégorique : Nymphe et Amours, époque Empire.

41 — Socle de pendule en marqueterie de cuivre et d'écaille, orné de bronzes, époque Louis XIV.

42 — Cage de pendule avec socle, Louis XVI.

43 — Cage d'ostensoir en cuivre, Louis XIII.

44 — Lot d'Ornements en bronze, pour pendules et meubles.

45 — Bouquet de girandole en bronze argenté.

46 — Deux Lampes de Chine, montures en bronze.

47 — Rouet ancien en bois et bronze doré.

48 — Plateau en cuivre gravé et doré.

BOISERIE, MEUBLES, BOIS SCULPTÉS

49 — Très belle Boiserie en bois de chêne finement sculpté, du temps de Louis XV, dessin à rocailles fleuronnées et encadrements à contours élégants. (Ayant décoré une pièce de forme ovale de l'École des Mines.)

5o — Grande Console, forme demi-lune, à quatre pieds, en bois sculpté et doré, bandeau à rosaces ajourées, avec guirlandes de feuilles de chêne et festons de rubans ; le croisillon est orné au centre d'un bouquet de fleurs et de feuillage, surmonté d'une pomme de pin ; dessus en marbre blanc, Louis XVI.

51 — Grande Console à quatre pieds en bois doré, avec ornements sculptés et rapportés. Beau dessus en marbre Louis XVI. (Provient de la Collection du Cardinal Fesch.)

52 — Deux belles Gaînes carrées en bois d'acajou satiné, ornées de mascarons, de guirlandes et de têtes de béliers, époque Louis XVI.

53 — Console en bois sculpté et doré. travail italien, forme Louis XIV. Dessus en marbre jaune.

54 — Secrétaire en citronnier satiné et palissandre, avec moulures en cuivre, époque Louis XVI.

55 — Coffre en bois sculpté avec devant à compartiments, dessins à ogives et rosaces. Travail gothique.

56 — Coffre en bois sculpté avec façade divisée par compartiments, dessin ogival. Époque gothique.

57 — Coffre en bois sculpté avec montants à cariatides et encadrement à coquilles, époque Renaissance.

58 — Buffet en bois d'acajou avec dessus en marbre brèche d'Alep, époque Louis XVI.

59 — Bureau plat en bois d'acajou, époque Louis XVI, avec quarts de ronds en cuivre.

60 — Grand Meuble à deux corps en bois sculpté, s'ouvrant à quatre battants, orné de sculptures en bas-relief avec fronton cintré à moulures, forme Louis XIV.

61 — Grande Armoire en bois sculpté, couronnée par un fronton sculpté à coquilles et feuillages. Panneaux encadrés de moulures, époque Louis XIV.

62 — Petit Clavecin de l'époque Louis XV, offrant à l'intérieur un sujet allégorique à l'histoire de Renaud et Armide, une couronne et des jetées de fleurs, au-dessus du clavier, un médaillon, l'Amour musicien et des arabesques.

63 — Devant de lit, dessin à colonnades, fronton avec ornements et casque de chevalier et quatre colonnes en bois sculpté rehaussé de dorures par parties, xvie siècle.

64-66 — Trois Devants de coffres en bois sculpté. Travail italien de la Renaissance.

67 — Bidet de voyage en acajou.

68 — Lit en fer, laqué noir et or. (Grand feu. époque Louis XVI.

69 — Table à jacquet en bois rose, époque Louis XV.

70 — Table de chevet, pied en bronze de l'Empire.

71 — Petit Chiffonnier en marqueterie de bois. Louis XIV.

72 — Bahut en bois sculpté, xvie siècle.

73 — Prie-Dieu en palissandre, décor en marqueterie d'étain, époque Louis XIII.

74 — Coffre en bois sculpté à médaillons et cariatides, époque Renaissance.

75 — Petit Coffre à bois avec panneau sculpté en bas-relief du xvie siècle.

76 — Encoignure en acajou, ornée de bronzes, époque Louis XVI.

77 — Deux Côtés de lit de repos en bois sculpté, époque Louis XVI.

78 — Lit en bois sculpté à colonnes cannelées, époque Louis XVI.

79 — Cabinet plaqué d'écaille de l'Inde, encadré de filets d'ivoire, époque Louis XIII.

80 — Petite Vitrine en poirier, époque Louis XIII.

81 — Pupitre en acajou orné de cannelures de cuivre, avec têtes sculptées en bas-relief; provient de M. de Sèze.

82 — Bureau en poirier noirci, de l'époque Louis XIV.

83 — Petit Bureau ancien.

84 — Commode en bois rose et filets marqueterie, dessus en marbre gris, époque Louis XVI.

85 — Bureau plat en acajou, époque Louis XVI.

86 — Canon d'église en marqueterie, époque Louis XIV.

87 — Panneau en bois sculpté, représentant saint Jérôme.

88 — Petit cabinet Louis XIII, intérieur en broderie.

SIÈGES, BOIS

89 — Quatre Fauteuils et quatre Chaises en bois sculpté, style Louis XVI.

90 — Ecran en bois sculpté, style Louis XVI, dessin à chaînettes et feuillages.

91 — Grand Canapé en bois sculpté, foncé de canne, époque Louis XV.

92 — Quatre Chaises en bois sculpté, recouvertes en velours.

93 — Deux Tabourets en chêne sculpté; un de l'époque, l'autre de style Louis XIII.

94 — Fauteuil de bureau en bois sculpté, époque Louis XV.

95 — Fauteuil de bureau en bois sculpté, époque Louis XV.

96 — Fauteuil à oreillons en bois sculpté, époque Louis XIV.

97-100 — Quatre Canapés en bois sculpté rechampis de blanc, époque Louis XVI; deux à dossiers droits, deux à dossiers cintrés. (Seront divisés).

101 — Fauteuil à crémaillère couvert en tapisserie au point, dessin à fleurs, époque Louis XIII.

102 — Deux Banquettes en bois sculpté, couvertes en velours, époque Louis XV.

103 — Fauteuil en bois sculpté foncé de canne, époque Louis XIV.

104 — Fauteuil en bois sculpté foncé de canne, époque Louis XV.

105 — Fauteuil en bois sculpté, garni de paille, époque Louis XV.

106-110 — Plusieurs Sièges anciens, époques Louis XIV, Louis XV et Louis XVI.

111 — Fauteuil en tapisserie à fleurs.

112 — Deux Montures d'écrans en acajou.

GLACES, CADRES

113 — Grande Glace bizeautée avec cadre ornementé en glace, genre vénitien.

114 — Glace de Venise bizeautée avec cadre à fronton.

115 — Cadre de glace en bois noir guilloché, époque Louis XIII.

116 — Cadre de trumeau en bois sculpté, époque Louis XV.

117 — Fronton de trumeau en bois sculpté, époque Régence.

118 — Cadre ancien en bois sculpté, dessin à palmiers.

119 — Grand Cadre en bois sculpté. (Démonté).

120-135 — Vingt-six Cadres anciens en bois sculpté, forme carrée et ovale. (Sera divisé.)

—

VITRAUX

136 — Deux Châssis de croisée, forme ogivale, garnis de vitraux en partie du xvie siècle, représentant des sujets et des écussons.

—

OBJETS DIVERS

137 — Grand Groupe de Saxe, époque de Marcolini, six figures, sujet champêtre.

138 — Lot de Cristaux de roche taillés, pendeloques, poires, enfilages.

139 — Boîte à jeu en porc-épic, intérieur marqueté d'ivoire, Travail ancien.

140 — Boite en laque d'or aventurinée, Travail japonais.

141 — Pichet en étain.

142 — Coffret en laque à rehauts d'or.

143 — Dent de rhinocéros.

144 — Œuf d'autruche. — Coffret en velours, garni de fer doré Louis XIII.

145 — Une Harpe chinoise en bois laqué, à rehauts d'or.

146 — Figurine de Guerrier en fer.

147 — Petit Médaillon doré, Henri IV.

148 — Plaquette en bronze : Hercule portant la Boule du Monde.

149 — Petite Divinité égyptienne.

150 — Gravure reliquaire : l'Adoration de la Vierg e

151 — Miniature : Portrait de jeune femme en servante.

152 — Miniature : Portrait de femme coiffée d'un foulard.

153 — Gravure : Famille de Louis XVI.

154 — Boite en écaille posée d'or et d'argent.

155 — Boite plate en ivoire.

156 — Poire à poudre en os gravé (non montée).

157 — Cinq petits Cadres en bronze de style Louis XVI.

158 — Petit Aigle en bronze et un fragment ivoire.

159 — Miniature : Portrait d'homme.

160 — Miniature : Petits Amours en grisaille.

161 — Petit Bas-Relief en bronze encadré.

162 — Deux petits Cadres en bronze Louis XVI.

163 — Lot de Clés.

164 — Cercle en porcelaine de Sèvres, décor à fleurs et bleu turquoise.

165 — Bouteille en grès de Flandre.

166 — Deux Mouvements d'horloges, un à tirage, un à régulateur.

167 — Grand Plateau laqué noir,

167 *bis* — Serpent d'église en cuir bouilli.

TAPISSERIES, ÉTOFFES

168 — Tapisserie verdure avec moulin.

169 — Tapisserie verdure avec faisan au milieu.

170 — Tapisserie à armoiries, aux armes des Colonna.

171 — Robe en soie brochée, époque Louis XV.

172 — Portière en Tapisserie, verdure avec oiseaux, et sa bordure.

173 — Deux panneaux en tapisserie au point, à fleurs, oiseaux et animaux, Louis XIV.

174 — Petit tableau en broderie : *La Résurrection.* Époque Louis XIII.

175 — Couvre pieds en soie brochée fond mauve, Louis XV.

176 — Lot de Soieries anciennes.

177 — Portière soie jaune peinte, sujet chinois.

178 — Tapis de table soutache sur fond de satin bleu, dessin très fin, Henri II.

179 — Deux Rideaux en mousseline de l'Inde brodée.

180 — Tenture de lit en soie, dessin flambé polychrome.

181 — Un lot de Tapisseries au petit point et réappliquées.

181 *bis* — Tapisserie Louis XIII, pour écran, avec application en soierie peinte.

TABLEAUX

—

BUTAY

182 — Saint Jean-Baptiste.

GILLOT (Claude)

183-184 — Histoires d'Amours.

Deux tableaux représentant des Scènes de bal dans de somptueux salons de châteaux, avec personnages costumés. Composition de nombreux personnages.

GREUZE (Attribué à)

185 — L'Offrande à l'Amour.

Joli tableau. A été gravé.

LE SUEUR

186 — L'Assomption.

Importante composition. Très grand et beau tableau. Cadre monumental avec fronton en bois finement sculpté et doré, dessins à grands rocailles feuillagés et parties à jour pris en plein bois ; de l'époque Louis XIV.

THIÉNON

187 — Petite Gouache : Baigneuse.

Signée.

ÉCOLE FRANÇAISE

(XVIIIe SIÈCLE)

188 — Quatre Panneaux décoratifs représentant des Cariatides de femmes et des Arabesques se terminant par des figures d'Amours.

ÉCOLE FRANÇAISE

189 — La Vendeuse d'Amours.

190 — L'Enlèvement de la belle Europe.
Deux pendants.

ÉCOLE FRANÇAISE

191-192 — Portraits de femmes.
Deux aquarelles. Cadres en bois doré.

ÉCOLE FRANÇAISE

193 — Entrée de forêt, avec figures rehaussées de couleurs.
Dessin.

194 — Lot de Gravures en couleur, scènes champêtres.
Encadrées.

195 — Objets non catalogués.

Vve Renou et Maulde, imprimeurs de la Cie des Commissaires-Priseurs,
rue de Rivoli, 144.   500 — 85037

RED. :

16

0 1 2 3 4 5 6 7 8 9 10